COLLECTION FOLIO

Pierre Bourgeade

Éros mécanique

Gallimard

Né à Morlanne (Pyrénées-Atlantiques) en 1927, Pierre Bourgeade est à la fois romancier et homme de théâtre.

Parmi ses œuvres romanesques, on peut citer : *Les immortelles* (1966), *New York Party* (1969), *L'armoire* (1977), *Le camp* (1979), *Les serpents* (1983), *Mémoires de Judas* (1985), *Sade, sainte Thérèse* (1987), *L'empire des livres* (1989), *Éros mécanique* (1995).

Parmi ses pièces : *Orden, Deutsches Requiem, Palazzo Mentale, Le passeport, Le camp.* Pierre Bourgeade a également adapté Sophocle *(Antigone)* et Aristophane *(Les oiseaux)* pour Jean-Louis Barrault.

Scénariste ou dialoguiste de plusieurs films, il a réalisé un court-métrage, *La table d'Émeraude.*

Elle se l'écarte...
Ça bave...

Louis-Ferdinand Céline

Marie pissa

Georges Bataille

ÉROS MÉCANIQUE

J'avais trente ans, j'étais comme la plupart des hommes : tantôt je ne pensais qu'aux femmes, tantôt j'oubliais qu'elles existaient. J'étais journaliste, je faisais un peu de critique d'art. Un soir de novembre, traversant les jardins du musée Guimet au sortir d'une exposition, je crus ressentir un choc électrique : mon regard venait de croiser celui d'une femme qui, venant de l'avenue du Président-Wilson, se dirigeait, elle, vers le musée. Je m'arrêtai net, et me retournai vers celle dont je n'avais rien perçu d'autre que cette onde violente, jaillie des yeux. Elle s'éloignait, vêtue d'un long manteau de fourrure, au bras d'un homme qui me parut être d'un certain âge. Ils ne se parlaient pas. Ils allaient, paisibles, familiers. J'attendis qu'ils eussent pénétré dans le musée, et je revins sur mes pas.

J'avais bien aimé cette exposition, qui avait

pour thème la peinture orientale. Je retrouvai le couple dans une salle du premier étage où étaient exposées des gravures anonymes illustrant *Les Mille et Une Nuits*. Parmi ces gravures, celle qui m'avait le plus troublé représentait simplement une femme nue sous un voile, vue de dos, debout, légèrement déhanchée, et détournant à peine l'épaule et le bras droits sur le côté, de manière à jeter un bref regard en arrière, ce qui permettait au spectateur de découvrir, en profil perdu, un visage aussi fin et réservé que la croupe de cette femme était lourde et attirante. Sous un petit rectangle de plastique était fixé, à côté de la gravure, un carton, où l'on pouvait lire, tapé à la machine, le fragment des contes qui avait inspiré l'artiste inconnu : « En vérité, si l'esclave aimée n'avait pas été plus avant à la recherche du prince Diamant, c'était parce que son lourd arrière-train accroché à une taille très fine l'en avait empêchée, et aussi parce que ce derrière, marqué d'une double fossette, était un si remarquable objet qu'elle avait du mal à se déplacer sans qu'il tremblât comme du lait caillé dans une jatte de Badâwi, ou comme de la gelée de coings amoncelée sur une assiette parfumée au benjoin. » Ajoutée à la plume, d'une écriture cursive, une mention manuscrite précisait : « Conte splendide du prince Diamant, 911e Nuit. »

La femme au manteau de fourrure était plongée dans la contemplation de cette gravure. L'homme se tenait un peu en retrait. Il sortit de sa poche un petit carnet et le compulsa. J'étais caché derrière un pilier. Il n'y avait pas d'autres visiteurs. La femme portait un lourd manteau de loup qui dissimulait entièrement ses formes. Elle recula soudain, revenant à hauteur de son compagnon, sans doute pour voir la gravure sous un autre angle. Je distinguai son profil. Elle pouvait avoir quarante ans. Elle avait le visage mince, presque émacié. Elle avait les cheveux noirs, tirés en arrière, formant un chignon qui, placé bas, cachait la nuque. Elle croisa les bras, porta une main gantée à sa joue, et demeura ainsi, figée dans une attitude méditative. L'homme rempocha son carnet, lui toucha l'épaule.

— Eh bien ?

— Un beau cul, dit-elle.

— Nous rentrons ?

— Bien sûr.

Je reculai derrière mon pilier, craignant

d'être découvert. Ils passèrent près de moi, sans me voir.

Le mois s'écoula. Je pensai souvent à cette femme. Je ne manquai aucune des expositions auxquelles j'avais projeté de me rendre, dans l'espoir de l'y rencontrer, et je me rendis même à beaucoup, où, en temps ordinaire, je ne serais pas allé, mais où, par hasard, elle pourrait se trouver. En vain. Finalement, je ne pus m'empêcher de me dire que si elle avait été à l'exposition du musée Guimet c'est qu'on l'y avait conduite pour des raisons bien précises, et qui sait, pour voir la série des gravures illustrant *Les Mille et Une Nuits,* sinon, tout spécialement, celle qui représentait l'esclave callipyge.

Certains jours, je me sentais violemment jaloux de l'homme âgé. Un richard, sans doute, qui l'entretenait. J'aurais aimé en débarrasser la jeune femme. J'aurais voulu l'humilier devant elle, parfois l'attirer dans un traquenard, lui crever la panse d'un coup de couteau. Je m'adonnais à ces rêveries meurtrières, moi si doux. Mais, le plus souvent, ces rêveries m'entraînaient à imaginer dans les moindres détails les plaisirs que je pourrais prendre avec cette femme une fois que je l'aurais rencontrée. J'aimais lire. Je me voyais attachant cette femme à un fauteuil, mais la tête en bas, les bras ficelés aux pieds du fauteuil, la tête reposant par terre sur un petit coussin, cuisses et cul largement ouverts à hauteur de vue, ouverts comme un livre. Je posais ensuite un vrai livre ouvert sur ce livre-là, je me mettais à lire. En déplaçant légèrement le livre, je voyais apparaître la fente, aux lèvres collées ou décollées, et, en me penchant, je pouvais sentir son odeur sauvage qui se mêlait à l'enivrante odeur des livres neufs, à l'odeur des vergés ou des japons, à l'odeur des cartonnages et des maroquins, à l'odeur de colle des brochages !

L'hiver passa. Je me liai d'amitié avec l'assistante d'un commissaire-priseur. Laurence avait vingt ans. Elle était fille d'un marchand de tableaux. Elle était blonde. Je lui fis tout d'abord une cour discrète, mais sans résultat. Elle semblait ne pas aimer le flirt. La veille du printemps, le 20 mars, comme nous prenions le thé à deux pas de l'hôtel Drouot, Laurence, rejetant de la main ses longs cheveux en arrière, se pencha vers moi et me dit :

— Mon petit Julien, c'est drôle, l'autre jour, quand vous m'avez ramenée chez moi après le théâtre, j'ai eu l'impression que vous aviez envie de m'embrasser ?

— L'autre jour, et bien d'autres fois, répondis-je, ne pouvant m'empêcher de rire à l'idée que j'étais appelé « mon petit » par une jeune fille qui avait dix ans de moins que moi.

— Vous seriez content de flirter avec moi, c'est ça ? dit la jeune fille d'un ton doucereux.

— Pourquoi vous moquez-vous ? Vous me plaisez beaucoup, vous le savez.

— Eh bien, réjouissez-vous, car je suis invitée demain, pour fêter la venue du printemps, à une partouze que donne un de mes grands amis, avenue Paul-Doumer. Si cela vous amuse vous pourrez être mon cavalier (vous vous doutez que je ne puis répondre à une pareille invitation sans me faire accompagner !) et, si vous avez envie de faire l'amour avec moi, vos plus chers désirs seront comblés car je compte bien m'envoyer en l'air avec une bonne douzaine d'hommes dans la soirée. Si vous êtes du nombre, j'en serais ravie.

— Parlez-vous sérieusement ?

— Tout à fait sérieusement. Je n'aime pas le flirt, je vous l'ai souvent dit, mais je vais de temps en temps me faire défoncer dans des endroits où je crains que vous n'ayez guère l'habitude d'aller. Raison de plus de m'y accompagner, si ça vous chante.

— Comment s'appelle votre ami ?

— Fred Harrington. C'est un Anglais et un banquier. Mais que vous importe ? Dites-moi oui ou non, si vous me dites non il faut que j'aie le temps de demander à quelqu'un d'autre.

Elle me regardait de ses yeux gris et elle souriait d'un air moqueur. Je lui dit oui.

Rien n'est moins excitant qu'une partouze réussie dans le XVIe ! Le bel appartement où l'ami de Laurence Mercier, Fred Harrington, recevait une trentaine de couples ressemblait, la fête commencée, plus à un sauna qu'au Temple des Secrètes Voluptés. On avait repoussé dans les coins les meubles précieux, disposé partout des matelas de mousse côte à côte, dressé ici et là bars et buffets afin que les participants pussent reconstituer leurs forces, et les invités, certains nus, certains vêtus, certains plus ou moins déshabillés, allaient et venaient d'une pièce à l'autre dans la pénombre (on avait baissé les lumières et allumé quelques flambeaux), s'accouplant, se désaccouplant dans une atmosphère bon enfant. Sitôt arrivée, Laurence s'était mise nue comme la main et avait été entraînée par un groupe d'hommes. Je l'avais perdue de vue. Errant de pièce en pièce parmi les couples ou les groupes gémissant, j'étais tombé sur le maître de maison, le seul homme qui fût en smoking, auquel je m'étais présenté. Fred Harrington m'avait accueilli avec beaucoup de grâce, puisque j'étais un ami de Laurence, à qui lui-même paraissait très attaché, et comme, visiblement, je m'ennuyais, il m'avait proposé de venir boire une coupe de champagne dans son bureau. Situé tout au bout de l'appartement, ce bureau était une pièce austère à laquelle, on le voyait au premier coup d'œil, seuls quelques privilégiés, ce soir-là, avaient accès. J'y comptai sept hommes, outre Harrington et moi. Nous fîmes cercle dans de confortables fauteuils et nous mîmes à converser paisiblement tandis qu'un valet offrait alcools et cigares. Un peu avant minuit Harrington parut tendre l'oreille, regarda sa montre et dit :

— Je crois que c'est elle.

On gratta à une petite porte qui se trouvait à l'opposé de celle qui donnait dans les salons, le valet alla ouvrir, et la femme que j'avais aperçue au musée Guimet apparut, suivie de l'homme âgé qui l'accompagnait ce jour-là.

Elle ne portait plus son manteau de fourrure, mais je la reconnus immédiatement. Elle était enveloppée de la tête aux pieds dans une longue cape noire. Ses cheveux étaient pris dans un foulard. Elle parut hésiter. L'homme âgé la poussa brusquement en avant. Elle fit deux, trois pas, trébuchant. Harrington s'était mis debout. Il lui tendit la main. Une main nue, un poignet nu sortirent de la cape. Tirée par Harrington, la femme se tint droite au centre du cercle que formaient les hommes, face au fauteuil central qui était celui d'Harrington. Harrington se rassit. L'homme âgé avait rejeté sa pelisse. Il était en smoking. Il avait une tête puissante, des épaules larges, le crâne rasé. S'adressant à Harrington il demanda :

— Comment la voulez-vous ? Je lui bande les yeux ou non ?

— Non, non, dit Harrington. Telle quelle.

On voyait frémir les plis de la cape, la femme tremblait.

— Alors ? lui dit l'homme d'une voix basse et pressante. C'est pour aujourd'hui ou pour demain ?

Il fit un pas, je pensai qu'il allait aider la femme à ôter la cape, mais d'un geste vif, un coup de boxeur, il lui envoya une claque, du plat de la main, sur la nuque. La femme tomba en avant. L'homme se baissa, lui ayant empoigné les cheveux à travers le foulard, et lui secouant légèrement la tête d'avant en arrière, lui dit de nouveau, d'une voix très basse :

— On attend.

Il la lâcha. La femme se remit debout. Elle ôta son foulard, rejetant des doigts ses cheveux en arrière. Son visage était maigre, elle avait le front bombé, les yeux étroits et jaunes. Elle respirait vivement par les narines, sa bouche était à demi ouverte et frémissait. L'homme âgé avait reculé, prenant soin de ne pas gêner la vue des hommes assis dans les fauteuils. La femme hésita de nouveau un instant puis rapidement, des deux mains, elle défit l'attache qui retenait sa cape.

La cape retomba derrière elle. Il y eut un murmure. La femme était nue. Elle se tenait raidie, coudes loin du corps, cambrée. Elle tenait la tête bien droite, levant un peu le menton. Elle avait fermé les yeux, elle ouvrait un peu la bouche, la mâchoire inférieure avançant, comme si elle craignait que l'air ne lui manquât. Elle haletait. Elle était mince jusqu'à la taille, et presque maigre, mais elle avait des seins lourds, attachés bas. Les mamelons étaient un peu excentrés, les seins s'écartaient, semblant peser vers l'extérieur. Elle avait la taille creuse, elle était étroite du haut, mais forte du bas des hanches, forte des cuisses. Elle avait les genoux ronds, les jambes longues et fortes. Elle était chaussée d'escarpins vernis à hauts talons, et elle portait des bas noirs, qui tenaient par une large bande élastique, à mi-cuisse. L'homme maugréa quelque chose, elle tourna lentement sur elle-même. Je vis son cul. Elle avait de belles fesses. Elle rappelait vraiment l'esclave dessinée par le peintre oriental qu'elle avait été voir au musée Guimet. Son corps était très blanc. Elle continuait de haleter. À chaque inspiration, je voyais se creuser son estomac. Elle avait les yeux durement fermés. Elle tourna lentement sur elle-même. Elle avait le bas-ventre rasé, la motte étroite et saillante. L'homme sortit de sa poche une courte cravache de cuir et au moment où elle faisait de nouveau face à Harrington qui s'était rassis, il lui donna un violent coup de cravache à la saignée des genoux. Elle plia, se laissa tomber entre les cuisses d'Harrington, et aussitôt fouilla de la tête, des doigts. Harrington dégagea sa queue qui apparut raide, violacée. La femme aspira le gland. Les hommes s'étaient mis debout. Harrington claqua dans ses doigts à l'adresse du valet. Le valet et l'un des assistants prirent dans un angle du salon une table à peine un peu moins haute qu'une table ordinaire, sur laquelle ils mirent deux coussins. On souleva la femme par les hanches, on glissa cette table sous son ventre, elle reposa, inclinée en avant, suçant Harrington, le cul libre ; on lui écarta les jambes, deux hommes les tinrent ainsi écartées, malaxant les mollets, les cuisses, un autre s'était déjà mis debout entre les cuisses, bandant ; il se pencha, enfonça la queue dans le trou offert.

La femme lança une sorte de ruade, mais on la tenait vigoureusement, elle continua de sucer tandis que le type, excité, la défonçait à grands coups en ahanant. Dès qu'il eut fini, à peine dix ou douze coups, il laissa la place à un autre, Harrington bientôt en fit autant, et ainsi, pendant une vingtaine de minutes, la femme demeura écartelée, suçant par-devant, défoncée par-derrière. Les hommes la pressaient, l'entouraient, ne cessaient de se renouveler, arrivant parfois silencieusement du salon. Certains avaient mis en croix les bras de la femme, ils avaient refermé ses mains sur leurs queues, ils l'obligeaient à les branler. J'eus soudain envie de ce cul, je baissai mon froc et pris mon tour. Un homme allait se retirer. L'homme se retira, je me mis en posture, j'allais enfoncer ma queue dans la fente très ouverte, mais dont le passage même venait de se refermer à demi et palpitait, lorsque je reçus une chiquenaude sur l'oreille. Laurence ! Elle arrivait du salon. Elle s'était rhabillée de pied en cap, mais sous la veste de son tailleur, son chemisier était encore déboutonné. Sa bouche avait perdu son rouge à lèvres.

— Eh bien ! dit-elle. J'ai passé ma soirée à vous chercher.

— Écoutez, je...

— Finissez ce que vous êtes en train de faire.

— Laissez-moi au moins toucher vos seins.

Elle me lança un regard coléreux, mais soudainement avança le buste. Je passai ma main gauche dans le chemisier entrouvert, la refermai sur l'un des seins que j'empoignai violemment, et en même temps, guidant ma queue de l'autre main, l'enfonçai dans le cul qui continuait de palpiter.

Peu après, ayant salué Harrington, nous partîmes. Laurence déclara qu'elle avait une faim de loup. Nous allâmes dîner dans l'ancien quartier des Halles, au Pied de Cochon. Laurence commanda un pot-au-feu maison, servi dans son gigantesque assortiment de légumes : patates, carottes, navets, poireaux, céleri, fenouil et un gros oignon piqué de clous de girofle, qu'elle accompagna d'un haut-brion. Je choisis le « chateaubriand du boucher », un filet de bœuf de sept cents grammes. Il eût fallu l'accompagner d'un pauillac, ou d'un château-margaux aussi épais que le jus de ce morceau magnifique que je m'étais fait servir saignant, mais je préférai un petit saint-amour, léger et piquant, qui fouettait le sang. Je me jetai sur la nourriture comme si je n'avais rien mangé de la semaine. Pendant dix minutes on n'entendit que le bruit des mandibules, le déglutissement des gosiers. Puis Laurence laissa échapper un beau rot, et se tenant bien droite, la fourchette et le couteau dressés en main, me dévisageant, elle me dit :

— Sincèrement, je dois vous remercier, mon cher : j'ai eu dix ou douze orgasmes dans la soirée, mais le plus fort de tous, que je ne suis pas près d'oublier, je l'ai eu quand je vous ai vu, de mes yeux, enfoncer votre queue dans le cul de cette vache.

— Ce jugement m'honore.

— Possible, poursuivit-elle, mais il ne tient qu'à vous : en voyant ce cul exposé, j'ai pensé pour la première fois que c'était le spectacle que j'offre moi-même aux hommes quand je me donne par-derrière, et je crois que c'est ce qui m'a remuée.

— Sans parler du fait que je vous tenais les seins.

— Ne faites pas trop le joli cœur, répliqua-t-elle, car vous pourriez perdre la considération que vous vous êtes acquise en moi par cette scène brutale. L'amour nous tient par l'animalité. À jouer les poètes, on s'en trouve exclu. Telle que vous me voyez, je dois me retenir pour ne pas manger avec mes doigts les restes de cet excellent pot-au-feu.

Posant sa fourchette, elle s'empara brusquement d'une cuiller et s'empiffra des derniers légumes qui se trouvaient devant elle. La regardant faire, j'avais machinalement coupé deux ou trois tranches de viande. Elle but un verre de vin puis, reposant la cuiller :

— Et si vous me donniez un peu de cet excellent filet de bœuf ?

Elle tendit alors la main à travers la table, prit de la main droite une épaisse tranche de bœuf, en sauça l'assiette, la porta à sa bouche, et commença à mordre dedans, tout en me considérant de ses yeux durs, violents, tandis que le jus et le sang de bœuf dégoulinaient sur son menton, son cou, son chemisier, ses colliers. Quand elle eut fini la première bouchée, elle dit :

— Ne me regardez pas comme ça, mangez.

Je me mis à manger, j'avais presque fini. Laurence acheva son morceau, poussa un second rot de satisfaction, s'essuya mains et menton à sa serviette, but un coup de haut-brion, renversa le buste en arrière, et s'étant débarrassée d'une chaussure, elle glissa sous la table son pied droit entre mes cuisses, l'appuyant bientôt sur ma braguette. Elle avait fermé à demi les yeux, mais elle me regardait bien en face. Je reconnus le regard qu'elle avait eu lorsqu'elle m'avait laissé toucher ses seins à l'instant où j'avais pénétré la femme au manteau. Tout en continuant de mastiquer, je bandai.

— Tiens, dit Laurence, il y a encore quelque chose qui bouge, là-dessous.

— Oui, et j'en suis le premier étonné.

— Mon petit, dit Laurence, ça prouve à quel point vous vous connaissez mal vous-même. Il y a des femmes avec qui les hommes ne bandent jamais et il y en a d'autres avec qui ils bandent tout le temps.

Je m'appliquai à finir paisiblement ma viande, savourant chaque bouchée, et à boire jusqu'à la dernière goutte du saint-amour comme si j'avais été seul à table. Le pied avait su se faire à la fois mou et dur. Il se conformait assez bien à la verge, et il la massait à travers le tissu. Ayant reposé mon dernier verre, je regardai de nouveau Laurence dans les yeux et lui dis à voix basse :

— Ça vient... Continuez, je vous prie.

— Je ne suis pas assez folle, dit Laurence.

À l'instant, elle retira son pied. Nous fîmes desservir, bûmes, en guise de dessert, un vieil armagnac, et quittâmes le restaurant. Sitôt dehors, Laurence pissa, en pleine rue, accroupie entre deux voitures. Revenu chez moi, je me branlai.

À partir de cette soirée, je revis souvent Laurence. Nous allions au théâtre, au cinéma. Elle passait parfois chez moi à l'improviste, elle me montrait sa chatte rien que pour me faire plaisir, ou s'enfermait parfois dans les toilettes de Drouot, où elle aimer aller, l'après-midi, on se branlait, chacun pour soi. J'appris à mieux connaître ses yeux. Mais elle, je ne la connaissais pas beaucoup mieux. À Drouot, nous eûmes bientôt nos habitudes. Laurence s'enfermait dans les toilettes « femmes » dix bonnes minutes, et elle commençait à se caresser debout, jambes écartées au-dessus du siège des W.-C., où elle venait de pisser comme un homme, position qui l'excitait, et s'étant enduit la fente d'un peu de lait condensé, dont elle avait toujours un tube sur elle à cette seule intention, elle se mouillait l'index de la langue, elle se massait doucement les lèvres closes, le lait finissait par pénétrer, le doigt suivait. Un soir, au théâtre, pendant l'entracte, elle m'avait raconté tout cela. Elle n'allait jamais directement au trou, qui se fût sans doute ouvert de lui-même si peu qu'elle l'eût taquiné, elle arrivait toujours à lui du haut des lèvres, descendant, si l'on peut dire, de l'index enduit le lait condensé, la délicate cloison, lisse et si doucement tiède, qui allait du haut de la motte au trou. Quand elle y arrivait, et qu'elle sentait l'entrée du trou palpiter un tout petit peu sous le doigt, elle enduisait brusquement le trou d'une bonne giclée de lait, s'aidant des deux longs doigts de la main gauche pour écarter tout à fait les lèvres, et tout excitée à l'idée que ce qu'elle faisait était très mal et qu'une intruse, forçant la porte mal fermée pourrait la surprendre, elle enfonçait l'index et le majeur réunis dans le trou. Elle ne revenait pas vers le haut de la fente, elle ne touchait pas le clitoris, elle attendait pour ça que je l'eusse rejointe, elle faisait aller et venir ses doigts dans le trou, elle s'amusait à contracter les fesses, elle se demandait, m'avoua-t-elle un jour, ce que sentait un homme quand il sentait avec sa queue ce qu'elle sentait avec ses doigts.

Je regardais ma montre. Elle m'avait donné dix minutes. Sitôt ce délai achevé, je passais discrètement dans les toilettes « femmes » frappais deux petits coups à la cabine du fond, elle ouvrait. Elle était prête. Je m'adossais au mur, les pieds un peu en avant, sortais ma queue. Elle s'asseyait sur l'abattant des toilettes, se renversait contre le réservoir de la chasse d'eau, la jupe à la taille, écartant largement les cuisses pour que je voie bien. Quelquefois, elle soulevait même les pieds du sol, prenant appui de la nuque contre le réservoir, se figeait ainsi, une grenouille renversée. À la voir comme ça, je bandais immédiatement. Je crachais dans ma main et commençais à me branler. Elle avait peut-être déjà eu un orgasme, mais maintenant que j'étais là, elle se contentait de faire aller et venir doucement le majeur de la main gauche dans la fente, et du bout des deux longs doigts de la main droite, elle se frottait le bouton. Je fixais cet endroit de son corps et le mouvement de ses mains. Je me branlais lentement, puis fort, puis très fort, et Laurence, qui me surveillait de ses yeux aigus, épousait mon rythme.

Un soir que je la ramenais chez elle, elle me dit :

— Je déjeune demain avec Harrington. Vous n'avez rien de spécial à lui dire ?

— Transmettez-lui mon souvenir et essayez de savoir qui est la femme que nous avons vue chez lui.

— Sournois.

Cette femme s'appelait Élisateth V., pour ses amis, « Élia ». Elle était mariée à un architecte, qui était resté paralysé à la suite d'un accident de voiture. Amis de Harrington, ils avaient beaucoup fait la fête avec lui. Depuis son accident, le mari ne sortait plus. La femme continuait de courir les soirées. Le mari l'acceptait, mais il la faisait souvent accompagner de l'homme âgé que j'avais vu, son propre frère aîné, une tête brûlée qu'il avait recueilli après une vie aventureuse, et qui lui était tout dévoué.

Laurence rencontra Élia et réussit à obtenir pour moi un rendez-vous. Élia était peu bavarde. Je lui dis que je l'avais aperçue chez Harrington, sans lui donner d'autres détails. « Très bien », dit-elle. Je ne savais que penser, je ne réussissais pas à faire coïncider l'image de cette femme réservée, au visage austère, avec l'image qu'elle avait donnée d'elle chez Harrington. Nous prenions le thé à la librairie anglaise de la rue de Rivoli, au premier étage, en mangeant des cookies, l'homme âgé sirotant son café, tout en consultant un journal de courses, et prenant des notes dans son carnet, à quelques tables. Il nous surveillait du coin de l'œil. Je la trouvais émouvante. J'aurais voulu la prendre dans mes bras et la bercer, en même temps la posséder, lui faire mal.

— Quel dommage, dis-je, qu'il n'y ait pas un moyen de faire l'amour sans se toucher !

— Mais ce moyen existe, dit-elle à voix basse. Il y a certainement un moyen, et même plusieurs, d'avoir des relations très intimes sans se toucher.

— Quels moyens ? dis-je, regrettant aussitôt cette naïveté, car l'un de ces moyens était évidemment de faire ce que je faisais avec Laurence dans les toilettes de Drouot.

— Mais, que je vous pisse dessus par exemple, dit-elle en me regardant de ses yeux jaunes.

Je soutins ce regard et lui dis :

— Faisons-le.

Je m'attendais à ce qu'elle se dérobât, mais elle répondit simplement :

— Dites-moi quand.

— Demain après-midi chez moi, répondis-je, surpris de ma propre audace.

— Pas demain, j'ai un déjeuner, mais après-demain si vous voulez.

— Vers quatre heures.

— Très bien.

Sur un coin de la nappe en papier, je griffonnai mon adresse.

L'homme âgé approcha.

— Ne vous attardez pas. On nous attend.

— Je vous suis.

Elle me salua d'une légère inclinaison de tête, et s'en fut.

Elle arriva à l'heure dite. J'avais mis de l'ordre dans mon studio, j'avais préparé du café, posé sur la table un vase de fleurs, mais sitôt qu'elle fut entrée, je compris qu'elle ne voyait même pas où elle était. Elle dit :

— Bonjour, j'ai bu des litres de thé, où se met-on ?

Elle lança son manteau sur un fauteuil, elle portait une longue et ample robe noire, j'avais pensé qu'on bavarderait un peu avant d'aller dans la salle de bains (j'imaginais que ce qui devait se passer se passerait là), mais saisi par sa propre hâte, je m'allongeai sur la moquette à l'endroit même où j'étais. Elle ôta rapidement son slip, retroussa sa jupe jusqu'à la taille, elle portait des bas noirs, elle m'enjamba, se tint un instant ainsi, jambes écartées, puis je vis la mécanique féminine se plier, de manière symétrique. La femme s'accroupit. Mais je sus aussitôt que je ne jouirais pas assez de la voir ainsi, j'étais trop près, le nez dans la fente. Je lui demandai donc de lever haut le cul, de se laisser tomber à quatre pattes et de pisser ainsi. Obéissante, elle se mit debout sans un mot, releva franchement sa longue jupe jusqu'à ses épaules, et se remit en position, mais gardant le cul haut ainsi que je venais de le lui dire, s'étant laissée tomber sur les mains. Les bras demi-tendus, la tête à l'envers, que je voyais très bien, soudain défigurée par la posture, tout assombrie par l'afflux de sang, comme je voyais de nouveau se fendre au-dessus de moi l'énorme masse charnue qui me dominait. Je vis enfin perler, puis sourdre, puis jaillir sur moi la pluie d'or.

La femme grimaça, poussa un râle, la pluie se fit violente averse, je fus contraint d'avancer, rampant lentement sur le dos, sous cette averse, car elle ne tombait pas sur moi verticalement mais en oblique, me fouettant d'un jet qui, une fois que je me fus déplacé, éclaboussa mon visage, m'obligeant à fermer les yeux sous le choc, me comblant à la fois de délices (à la pensée que cet acte vivement désiré s'accomplissait) et de dégoût (car cette pluie divine, au lieu d'être fraîche comme l'âme assoiffée l'eût souhaité, était chaude, et au lieu de sentir les parfums les plus doux, sentait l'urine ; c'en était).

L'averse cessa. Le visage inondé, je rouvris

les yeux. À cinquante centimètres de moi, je vis le visage de la femme, avec ces grands yeux sombres, humiliés et obéissants, qui attendaient l'ordre que j'allais donner pour qu'elle pût se relever. Je ne donnai pas l'ordre tout de suite, je glissai encore un peu sur le dos, plaçai mon visage souillé d'urine sous le visage pendant de la femme, et lui ordonnai de le lécher. La bouche s'ouvrit, la langue apparut, elle lécha lentement, consciencieusement l'urine, puis nos bouches se touchèrent. Elle me mordit violemment les lèvres, puis sa langue se fraya le passage, elle me fouilla le dedans de la bouche. Je haussai la tête, demeurai brusquement immobile et d'une violente contraction du visage je fis signe à la femme, qui pas un instant n'avait fermé les yeux, que c'était fini, relève-toi.

Elle se mit debout, elle se tint là, grotesque, la jupe relevée sur les épaules, les cheveux en désordre, le visage encore bouffi de sang, l'air égaré.

— Écarte un peu les jambes, plie les genoux, et branle-toi.

Elle écarta les jambes, plia les genoux, j'attrapai de la main une chaise et m'assis, le visage à hauteur du ventre. La main droite de la femme descendit, étroite et bronzée, les doigts minces, les ongles coupés sagement, sans vernis. Au poignet brillait une mince chaîne d'or ornée de perles.

— Allez, fort.

— Je dois commencer doucement, dit-elle d'une voix à peine audible.

— J'ai dit fort. Écarte avec l'autre main.

Les genoux plièrent un peu plus, l'autre main apparut, mon champ de vision se limitait à un espace qui allait à peu près du nombril à la moitié des cuisses, j'aurais pu me croire devant un appareil de télévision. Il y avait un lac de pisse sur la moquette.

Le lendemain, je pris le thé au Café de Flore avec Laurence.

— Ça s'est bien passé ?

— Je ne sais pas.

— Pourquoi ne le savez-vous pas ?

— Je suis resté sur une drôle d'impression.

— Elle vous a donné un nouveau rendez-vous ?

— Non.

Je regardais Laurence, je ne la voyais pas, je regrettais la manière dont les choses s'étaient passées, j'aurais aimé revoir l'autre femme, lui parler, l'écouter, mais quelque chose me disait que je la retrouverais peut-être en partouze, mais que je n'aurais plus l'occasion de la revoir en tête à tête, qu'elle ne reviendrait jamais chez moi. Je revins à la réalité en entendant le rire de Laurence.

— Vous n'êtes pas en train de tomber amoureux, par hasard ?

Elle porta sa main très blanche, aux longs ongles vernis, d'un rouge brillant, devant sa bouche pour cacher son rire.

— Je ne crois pas, dis-je, mais pourquoi ne viendriez-vous pas demain ou après-demain chez moi, faire avec moi ce que j'ai fait avec elle ?

— Je ne sais pas, nous en reparlerons.

Puis elle regarda sa montre et dit :

— Il faut que je vous laisse, j'ai un rendez-vous.

Elle riait encore. Elle sortit, se perdit dans la foule. Je restai là, devant ma tasse de thé.

UNE NUIT, ICI

Septembre. Dix heures du soir. La nuit était claire. Il avait envie de faire l'amour mais il ne connaissait aucune fille. De toute façon, il n'avait que cent francs en poche, ce n'était pas assez pour inviter une fille à manger un morceau avant de finir la nuit avec lui. Avec cinquante francs, à Paris, en 1990, c'est à peine si on peut se payer un demi et un sandwich : inutile de se raconter des histoires.

Il prit le métro, il descendit à la porte Maillot, il s'enfonça dans le bois de Boulogne. Dans la grande avenue, en allant vers la cascade, les voitures se cherchaient. Il approcha, il vit des femmes changer de voitures, mais il n'osa pas leur parler. À un autre endroit, il vit une scène presque irréelle, qu'on aurait pu croire tirée d'un film de Fellini : devant un rideau d'arbres, cinq ou six filles en slip et en bottes, certaines les seins nus, se tenaient debout, bougeant à peine. Au bord de la route, devant elles, il y avait une douzaine de voitures arrêtées. Quelques hommes étaient descendus et les regardaient, adossés aux portières des voitures. À une dizaine de mètres, sur la gauche, il y avait un groupe de motards, qui les regardaient, eux aussi. Devant la rangée des filles, il y avait deux grands bergers allemands qui couraient de long en large, les yeux fous. Il se demanda comment on pouvait aborder les filles, avec ces chiens. Sans doute les filles leur donnaient-elles l'ordre de ne pas mordre quand un client approchait.

Il continua de descendre vers la cascade. Arrivé au rond-point, il s'assit sur un banc, un peu dans l'ombre, serrant dans sa poche ses deux billets de cinquante francs. Soudain, silencieuse, une fille sortit des taillis et vint s'asseoir à côté de lui sur le banc, à environ un mètre de lui. Elle était blonde et forte. Elle portait une minijupe et des bottes de vernis noir. Elle avait un châle sur les épaules, mais il put voir qu'elle portait un soutien-gorge noir qui découvrait les seins.

— Il commence à faire frais, la nuit, dit-elle.

— Ouais, il fait presque froid.

— J'ai assez travaillé ce soir. Je vais rentrer. Tu n'as pas une cigarette ?

Il fouilla dans ses poches, trouva son paquet de Gauloises, lui en offrit une, qu'il lui alluma. Elle tira quelques bouffées, et resta ainsi, les coudes posés sur les genoux, le visage penché vers le sol, sans rien dire. Il tourna la tête vers elle.

— Combien tu prends ?

— Cent vingt balles la pipe, dit-elle sans lever la tête.

— Et... pour baiser ?

Elle leva la tête vers lui, soufflant la fumée.

— Cent vingt balles la pipe, je te dis.

Il prit les deux billets de cinquante francs dans sa poche et les poussa vers la femme sur le banc.

— Je n'ai que cent balles.

Elle le regarda, les yeux vides. De la main, il enfonça les deux billets sous sa cuisse.

— Tiens, dit-il. Prends.

— Tu comprends le français ? dit-elle. Je t'ai dit cent vingt balles.

Une voiture déboucha sur leur droite et s'arrêta brusquement devant eux. Il y avait trois ou quatre personnes à l'intérieur.

L'homme qui était au volant mit le coude à la portière.

— Eh bien Mic, dit-il à la femme, ça fait une heure qu'on te cherche.

— Où vous allez ? dit-elle, l'air buté.

— Tu sais bien qu'on va chez Danièle, dit-il.

— Toujours la même histoire, dit-elle plus bas.

— Ne fais pas la conne, dit le type, monte !

— Bon, je viens.

Elle se leva et monta dans la voiture.

Il ramassa les deux billets de cinquante, les remit dans sa poche et retraversa le bois de Boulogne en sens inverse. Les voitures étaient moins nombreuses. Les femmes aux chiens-loups avaient disparu. Il était trois heures passées lorsqu'il se retrouva porte Maillot. La grande brasserie Les Sports était encore ouverte, mais déjà les garçons empilaient les chaises sur les tables et jetaient de la sciure sur le sol. Il se mit au comptoir et but coup sur coup trois « petits rhums » pour se donner du courage. Il paya d'un billet de cinquante francs. On lui rendit dix francs qu'il mit dans sa poche avec son dernier billet. Traversant l'avenue de la Grande-

Armée, il fit quelques mètres sur le boulevard Pereire. Au coin de la rue du Débarcadère, deux filles attendaient en bavardant. L'une était brune, l'autre rousse. Elles étaient en tailleur, elles fumaient, et elles avaient un grand sac au bras.

— Tu viens, monsieur ? dit la brune.

Il approcha d'elle.

— Combien tu prends ?

— Trois cents balles, plus la chambre.

— Et la chambre, c'est combien ?

— Cent balles.

— Allons-y.

Elle le précéda dans la rue du Débarcadère et entra dans le premier petit hôtel. Il la suivit dans un couloir étroit, aux murs tapissés de jaune. Au fond du couloir, une porte vitrée, qu'elle poussa, puis la caisse, le tableau des clés.

— C'est moi ! cria-t-elle.

Elle prit une clé au tableau, la clé du 27, et le précéda dans l'escalier. Il monta les deux étages derrière elle. Elle avait une jupe étroite, de fortes fesses, des bas noirs à couture, des escarpins noirs à talons pointus. Elle ouvrit la porte du 27, entra dans la chambre, donna la lumière, se dirigea vers le lavabo et le bidet, qui étaient dans un coin, près de la fenêtre. Elle posa son sac près du bidet et se regarda dans la glace, faisant bouffer ses cheveux.

— Tu me fais mon petit cadeau ? demanda-t-elle.

Il fit un pas vers elle. Il avait pris son couteau dans sa poche revolver et lorsqu'elle se tourna vers lui en souriant, il lui enfonça la lame droit dans le ventre, en remontant, de bas en haut. Ça entra comme dans du beurre. Sa bouche s'ouvrit toute grande, un vrai gouffre, ses yeux devinrent exorbités, il comprit qu'un cri allait sortir, il lui posa la main gauche grande ouverte sur la bouche et, de la main droite, remonta encore le couteau. Le couteau monta, on eût dit que cette femme était tout en graisse, qu'elle n'avait pas un seul os. Elle s'affaissa. La prenant par le cou et par les genoux, il la déposa sur le lit. Sa tête bascula en arrière. Il se pencha sur cette tête pour baiser ses lèvres, mais du sang monta à la bouche de la femme qui se referma. Le sang coula sur le menton. Il y eut un râle, le corps fut traversé d'un violent frisson, elle était morte. Il défit la jupe, qui ne tenait que par une agrafe, la baissa. La femme ne portait pas de culotte. Il fit apparaître le bas-ventre qui était très blanc, le sexe aux poils rares, qui formait une motte graisseuse. Défaisant sa braguette il sortit sa verge car il eût voulu baiser cette femme, mais sa verge était flasque, toute visqueuse, il se demanda s'il n'avait pas éjaculé en la tuant. Il essaya de se masturber pour redonner de la dureté à sa verge, mais rien. Il lava son couteau dans le lavabo, posa le billet de cinquante sur la table, éteignit la lumière et sortit.

Il s'était assoupi sur le dernier banc qui se trouve en bas de l'avenue de la Grande-Armée lorsqu'il fut réveillé sans ménagements. Un car de police, peint en bleu et blanc, et dont la lumière jaune tournoyait, était arrêté au bord du trottoir. La porte du car était ouverte. Un flic se tenait à côté de lui, et le secouait par l'épaule.

— Papiers !

Le jour allait naître. Le ciel blanchissait. Il faisait froid. Il prit sa carte d'identité dans la poche intérieure de sa veste et la tendit au flic.

— Tu habites Nanterre, dit le flic. Qu'est-ce que tu fous là ?

— Je viens de tuer une pute.

— Où ça ? dit le flic, dans le bois ?

— Non, dit-il, dans le petit hôtel de la rue du Débarcadère. Le premier à droite.

— On y va, dit le flic.

Il revint rue du Débarcadère, le flic le tenant par le bras, le car les suivant, au ras du trottoir. Ils s'arrêtèrent devant la porte de l'hôtel.

— C'est là, dit-il.

Deux autres flics descendirent du car. Le premier flic sonna. Rien ne bougea. Il sonna de nouveau et donna quelques coups de poing dans la porte. Une lumière s'alluma derrière. On entendit quelqu'un tousser. La porte s'entrouvrit.

— Qu'est-ce que c'est ?

— Il ne s'est rien passé chez vous ? dit le flic.

La porte s'ouvrit toute grande. Une vieille femme se tenait là, engoncée dans une robe de chambre.

— Qu'est-ce que vous voulez qu'il se soit passé ? dit-elle.

— Ce monsieur dit qu'il y a eu un incident ici, dit le flic. (Se tournant vers lui) : quelle chambre était-ce ?

— La chambre 27.

— On va voir.

Ils traversèrent l'étroit couloir jaune, l'entrée, le flic prit la clé du 27 au tableau, ils montèrent les deux étages. La chambre 27 était la deuxième à droite. Il reconnut le papier à fleurs, la fenêtre, le lavabo, le bidet, le lit. Tout était en ordre.

— Eh bien ? dit le flic.

— J'ai tué une putain dans cette chambre, dit-il.

— Quand ça ? dit le flic. L'an dernier ?

— C'est ça. L'an dernier.

— Si c'est pas malheureux, dit la vieille. Une maison aussi bien tenue. La police à six heures du matin !

— Pleurez pas, madame, dit le flic. Peut-être qu'un jour vous en aurez besoin, de la police.

Ils sortirent dans la rue. La vieille referma la porte derrière eux. Le soleil était levé, maintenant. Du côté de l'Étoile, le ciel était jaune.

— Tu as de la veine qu'il fasse beau, dit le flic, file.

Les flics remontèrent dans le car qui démarra en faisant marcher sa sirène. Il se dirigea vers le métro.

[illegible]

— [illegible]

— [illegible]

— C'est [illegible]

— [illegible]

[illegible]

— [illegible]

Ils [illegible] dans la [illegible]

[illegible]

[illegible]

LE MOTEL

— J'ai honte d'être vieux, voilà.

Il était assis sur l'un des deux lits du motel, et, penché en avant, il commençait à délacer ses chaussures. Elle était debout devant le lavabo, elle se regardait dans la glace, se tirant des doigts la peau du visage.

— Qu'est-ce que vous racontez ? dit-elle. Vous êtes très gentil.

— C'est possible, mais je commence à me faire vieux quand même.

— Allez, allez, vous n'êtes pas trop à plaindre, dit-elle.

Se tournant légèrement vers lui, elle lui sourit. Il avait enlevé l'une de ses chaussures et il se redressa, se tenant les hanches des deux mains.

— J'ai de l'arthrose.

— Et moi, j'ai mes règles, dit-elle. Ça ne va

pas nous empêcher de faire un gros dodo tous les deux.

Elle se regarda de nouveau dans la glace.

Le motel était situé à quelques mètres de la RN 10. Malgré un rideau d'arbres, on entendait les voitures passer. Au passage de chaque poids lourd, la chambre tremblait des quatre murs comme un homme tremble des quatre membres. C'était une chambre très simple, tapissée d'un papier à rayures gris et bleu. Au milieu, les lits accolés. À droite, le lavabo. À gauche, un vieux poste de télévision. À côté du lit, une table de nuit. De l'autre côté, un frigidaire. Elle avait pris sa lèvre supérieure entre le pouce et l'index, et, l'ayant retroussée, elle examinait ses dents. Il glissa le soulier qu'il venait d'enlever sous le lit, puis s'approcha d'elle, un pied chaussé, l'autre nu, et l'enlaça par-derrière. Rejetant la tête en arrière, elle lui frotta le visage de ses cheveux. Elle avait les cheveux blonds, longs, coupés au carré, qui lui retombaient jusqu'au milieu du dos.

— Tu es vraiment belle, dit-il.

— Je suis trop grosse, dit-elle, j'ai trois ou quatre kilos à perdre. On mange trop de frites, dans ce motel.

Il la tira par les hanches, pressant contre sa verge, qu'il sentait durcir, les fesses de la fille, qu'il sentait lourdes, et dures, sous le jean. Elle avait avancé le visage à toucher la glace, et elle commença à se démaquiller. Elle mit un peu de liquide blanc, à l'odeur douceâtre, sur un bout de coton, et le passa vivement sur son visage — le front, puis le nez, puis les joues.

— Ça ne t'ennuie pas que j'enlève aussi mon rouge à lèvres ? dit-elle. J'en ai marre d'avoir ce goût de fraise sur la bouche.

Elle passa le coton sur ses lèvres et, un instant, tout le bas de son visage fut barbouillé de rouge. Fraise écrasée. Il pensa que c'est là la tête qu'elle aurait si quelqu'un venait, une arme à la main lui fracasser le visage. Il se pressait toujours contre elle, à hauteur des hanches, et elle laissait faire, complaisamment.

— Tu as un beau cul, dit-il à voix basse.

— Le cul, vous ne pensez qu'à ça, dit-elle.

Il craignit qu'elle ne retirât ses fesses, mais non, elle continua à se laisser faire, comme si de rien n'était. Elle était grande, blonde, lourdement charpentée, une fille du Nord, sans doute. Elle avait la peau très blanche, rouge aux coudes. Elle avait les mains grandes, carrées, les ongles rongés. Sur chaque ongle, il y avait une petite tache de vernis rouge. Des mains d'ouvrière. Il eut honte. Il la laissa, revint s'asseoir sur le lit, et commença à délacer son second soulier.

— Tu m'emmènes à Paris demain ? demanda-t-elle.

Elle avait pris une brosse, et elle commença à se brosser vigoureusement les cheveux.

— Cent coups de chaque côté, dit-elle. Sinon, ils sont moches.

Il enleva le second soulier et le glissa sous le lit, à côté de l'autre.

— Qu'est-ce que tu veux aller faire à Paris ? Tu y connais du monde ?

— Je te connais, toi.

— Je suis marié, tu sais, et j'ai assez de mal à gagner ma propre croûte.

— Tu me l'as déjà dit que tu étais marié. On pourrait peut-être se voir quand même ? J'aimerais voir des films, en projection privée. Tu m'as dit que tu pourrais m'y emmener de temps en temps. Ça doit être chouette. C'est réservé à des gens bien placés, non?

Il lui avait dit ça, en effet, pendant qu'il mangeait son dessert, et qu'il lui avait proposé, puisqu'elle avait fini de desservir, de prendre un café avec lui. Il était le dernier client de la cafétéria. Elle avait accepté sans se faire prier. Ils avaient bu chacun deux express, puis deux boîtes de bière. Il lui avait alors proposé de venir boire une dernière bière dans sa chambre, pensant qu'elle dirait non, elle avait tout de suite dit oui, et voilà. Il se prit de nouveau les hanches à deux mains et étira le torse en avant, poussant un ouf de soulagement. Il avait maintenant de l'arthrose, et passer ses journées au volant de sa voiture ne lui valait rien. Elle enleva vivement son jean et vint s'asseoir à côté de lui. Elle était jambes nues et pieds nus, elle n'était vêtue que d'un débardeur largement échancré, où était dessiné un camion, et d'une haute culotte de coton rose, sous laquelle la serviette hygiénique faisait une bosse. Elle toucha cette bosse de l'index.

— Tu ne m'en voudras pas mais je reste fidèle aux serviettes. Les tampons me font mal.

Elle avait les cuisses longues et fortes, il fut traversé par le désir, il lui passa le bras autour des épaules et la renversa sur le lit. Elle se laissa aller en arrière.

— Tu peux l'enlever, tu sais, ça ne me gêne pas.

— Moi si, ça me gêne, je saigne beaucoup, surtout au début. C'est arrivé ce matin.

Il avait le visage penché sur elle, il l'embrassa sur le front, sur les yeux. Elle ne bougeait pas. Elle gardait les yeux ouverts. Il se dit qu'il devait être monstrueux, le visage ainsi penché, la chair tombant en avant. Heureusement que les femmes elles-mêmes sont des monstres, qu'elles aiment les vieux autant que les jeunes, sinon plus. Il fit légèrement obliquer sa tête, pour que leurs nez ne se rencontrent pas, et posa les lèvres sur les lèvres de la jeune fille, qui étaient légèrement entrouvertes. La bouche resta telle qu'elle était, ne se fermant, ni ne s'ouvrant. Les lèvres étaient épaisses et souples. Il tenta d'introduire sa langue dans la bouche, mais elle se heurta à la barrière des dents, qui ne s'ouvrit pas. Sa langue fit demi-tour, explorant maintenant les lèvres par en dessous, celle d'en bas, puis celle d'en haut, puis il suça longuement les lèvres de la jeune fille l'une après l'autre, puis il écarta légèrement son visage et respira attentivement le visage, le cou, les épaules de la jeune fille. Elle avait dû réagir au baiser car elle émettait une odeur fauve. Elle était immobile comme une morte. Il cessa de la sentir et remonta vers son visage. Il se tenait appuyé sur un coude et la regardait dans les yeux.

— À quoi penses-tu ? dit-il.

— Je me demande si tu vas me donner de l'argent pour que je couche avec toi.

— De l'argent ? dit-il. Mais il n'a pas du tout été question de ça.

— Comment crois-tu que je peux survivre dans ce motel ? dit-elle. Tu sais combien ils me donnent ? Cent francs par jour. J'ajoute les pourboires, mais c'est zéro, ou presque, puisque le service est compris.

Elle posa la main sur son ventre.

— Décide-toi, dit-elle, parce que, en plus, j'ai très mal au ventre.

Il ne bougea pas. Il n'y avait que deux possibilités. Ou lui dire : « Remets ton pantalon, ma vieille, et tire-toi, ce n'est pas demain que je vais payer une femme », ou payer. Il regarda la chambre, qui était vraiment minable, il regarda les cuisses de la fille, qui étaient blanches et dures comme de l'albâtre (parfaitement, il pensa cela : comme de l'albâtre).

— Mais alors, tu enlèves ta serviette.

Elle fit oui de la tête.

— OK. Je veux cinq cents francs. Si tu trouves que ça ne les vaut pas, je me casse.

Il mit la main à sa poche-revolver, sortit son portefeuille, et compta cinq billets de cent francs sur les sept qui lui restaient. Il avait prévu de faire un achat assez important le lendemain, il y renoncerait. Les vieux doivent payer, voilà tout. Elle prit l'argent, plia les billets et par le décolleté de son débardeur, les glissa dans son soutien-gorge.

— Si ça ne te fait rien, dit-elle, je vais garder mon soutien-gorge parce que j'ai les seins qui me font très mal.

D'un mouvement vif, elle ramassa ses genoux sur sa poitrine et se débarrassa de la culotte et de la serviette qu'elle envoya valser dans la chambre. Puis elle se glissa dans les draps, lui tourna le dos, et tendit la croupe vers lui. Il souleva légèrement le drap de dessus, et resta quelques instants, immobile, à regarder ce cul blanc, énorme, magnifique. Sa verge tendit, à lui faire mal. Il enleva rapidement son pantalon, et se glissa contre la jeune fille. « La vie vaut tout de même la peine d'être vécue », pensait-il.

LA REDDITION DE BREDA

Il entra dans ma vie le... C'est-à-dire que je le vis en rêve. Voilà. J'étais en train de dormir, je rêvais, oui, j'étais en train de faire un rêve agréable et il fut là, me menaçant, transformant mon rêve en cauchemar. Je me réveillai trempé de sueur, heureux de lui avoir échappé. Le rêve a parfois la précision du réel. Je n'oublierai jamais ce visage sévère, impérieux, ce front haut, ces sourcils froncés, cette barbe en pointe mangeant le bas des joues. Un bourgeois ? Sans doute. On ne voit pareille tête qu'aux bourgeois, aux savants, aux nobles. Un col glacé, un costume noir, j'imagine : je ne vis pas les détails, hormis ce visage dont je vis tout, jusqu'aux joues creusées de rides verticales, aux paupières pauvres en cils, à ce grain de beauté sous l'œil gauche. Toute la journée, je ruminai ce visage et je méditai ma vengeance. Moi aussi, pensai-je, je saurai t'effrayer, je te tiendrai au bout d'un revolver ou d'un couteau. Mais retrouver quelqu'un en rêve ?... Je m'y appliquai pourtant, essayant, la nuit qui suivit, puis les nuits suivantes, de reprendre, dans mon lit, la position qui avait été la mienne au moment où cette apparition m'avait réveillé : on dit qu'une même position facilite le même rêve. Mais on dit tant de choses sur les rêves ! Je recherchai cette position en vain. Le visage n'apparut plus.

J'ai trente-cinq ans, je suis rédacteur au ministère du travail, je n'ai pas grand-chose à faire, sinon de la présence, tâche dont je m'acquitte à la satisfaction de mes chefs. Je tiens mon journal, quoique je n'aie pas grand-chose à noter, mais j'aligne chaque jour, quelques heures durant, ces pattes de mouches. Je n'ai pas d'amis hommes, guère de femmes. Il m'arrive d'aller chez les prostituées, mon plaisir est bref, affaire d'hygiène. J'habite Paris depuis mon enfance, il se passe des événements, on parle d'émeutes, avant-hier matin, en me rendant à mon travail à pied, car j'habite non loin du ministère, j'ai dû faire un détour pour éviter une barricade qui brûlait. L'entrée principale des bureaux est gardée par les forces de police, nous passons par la porte de derrière, nous ne sommes que quatre rédacteurs sur dix-sept. Peut-être, les grandes affiches dessinées à gros traits noirs, que l'on voit partout depuis quelque temps, ont-elles fait que... Mais non. À la réflexion, et Dieu sait si, en ce moment, nous avons le temps de réfléchir, je ne crois pas. Ce n'était pas une tête d'affiche. C'était un visage austère, l'aristocratie du secret. Ses yeux de feu, noirs. Je suis faible, mou. Je n'aime pas qu'on me menace.

J'habite avec ma mère rue Desaix, à deux pas du métro aérien, à la limite du XVe, je n'ai jamais connu mon père. Il est mort... ou parti... aucune trace de lui dans l'appartement. Pendant un certain temps, adolescent, je me souviens que j'ai fouillé meubles et placards. Mais rien. Pas une lettre. Pas une photo. Ma mère : pas un mot. Elle ne parle, d'ailleurs, que sobrement. À croire qu'elle n'a jamais connu que les mots essentiels : pain, potage, mange, va, dors, tu n'es pas enrhumé au moins ? Je porte des gilets de laine.

On sait comment un rêve commence, on ne sait pas comment il finit. La vie, de même. J'aurais pu finir la mienne au ministère, j'aurais dû. C'est ce visage qui m'a provoqué. J'ai tout de suite vu qu'il ne s'agissait pas de quelqu'un du quartier. Les gens du XVe : petits commerçants, petits artisans, petits retraités. Les visages mous, paisibles, satisfaits. Près du métro aérien, peu de passion. Le bruit berce. On dort bien. À huit heures, je pars pour le ministère. Je prends un café crème au Canon de la Motte-Piquet. Tous les cafés du carrefour sont déjà pleins. Hommes et femmes, au comptoir, prennent le premier verre de la journée. Sans alcool, la vie ne serait pas possible. Il règne une chaleur, une douceur étales. Paris est une ville populaire. Un pareil visage peut-il être un visage français ? Je ne crois pas.

Je l'ai cherché, pourtant. J'ai fait des incursions dans les arrondissements voisins, le VIIe, le XIVe, puis, m'enhardissant, dans le VIe, le VIIIe, le XVIe. Ce ne peut être qu'un visage des beaux quartiers... Un étranger des beaux quartiers, voilà mon opinion. Avec cette impudence que donnent l'étrangeté, la position sociale, la fortune. Pourquoi m'agresser *moi* ? C'est quelque chose que je n'accepte pas. J'étais dans un rêve agréable. Les dernières heures de la nuit, avant que je sorte du sommeil, sont les plus douces. Non que je me plaigne du bureau, où j'ai un très joli tamponbuvard, ou de la maison, que réchauffe la chère présence de ma mère, mais ces derniers instants de tiède insouciance, sous l'oreiller... Une irruption insupportable. Je vis dans mon trou, moi. Je ne dérange personne.

J'en ai parlé avec Anna, une prostituée que je vois régulièrement. J'en fréquente deux. Caroline, une femme d'un certain âge, avec qui je fais ma petite affaire sans rien dire, et Anna, avec qui je la fais ou non, ça dépend, mais avec qui je parle pas mal, quoi qu'il arrive. C'est une femme d'une trentaine d'années, sèche, osseuse, masculine, un rien de moustache, de grands yeux vifs, une immense bouche saignante. Et son sexe, énorme, grisâtre, qui pend, un morceau de viande. Bref. J'aime bien Anna, elle est de bon conseil, j'ai l'habitude de tout lui raconter, elle trouve scandaleuse l'intrusion de cet homme dans mon rêve, pour un peu, m'avoue-t-elle, elle serait jalouse.

— Tu m'as dit que tu n'avais pas pu le retrouver ?

— Non. Je suis sûr que ce n'est pas quelqu'un du quartier.

Elle mord l'ongle du pouce droit, qu'elle a très long, il sert à...

— Sais-tu à quoi la description que tu m'as faite m'a fait penser ?

— Non.

— À un comédien. Un homme de cinéma ou de théâtre.

Mon cœur se serre, m'envoie un flux de sang brûlant dans le corps.

— Tu as raison ! C'est ce qui explique ce maintien... cette morgue... cette impression d'étrangeté...

Anna rit. Elle a fait du théâtre, il y a quelque temps, elle a de grandes dents étincelantes, dans ces lèvres rouges, elles sont comme un pan de montagne de neige.

— Pourrais-tu ?...

— Écoute, me dit-elle. Je n'ai plus tellement de relations. Mais il y a un moyen extrêmement commode de renouer avec le milieu du spectacle, c'est de se faire engager comme figurant.

— Tu connais le moyen ?

— Je l'ai encore fait il y a trois mois.

Je suis si heureux que je l'embrasse. Un petit appétit me vient, tandis que je renifle son cou musqué. Mais trop tard, la demi-heure est passée. Elle se lève, tapote ses cheveux, jette un coup d'œil par la fenêtre.

— Mais regarde, chéri ! Caroline qui arrive !

J'approche, moi aussi, de la fenêtre. Caroline arrive, en effet, sur l'autre trottoir, dans son tailleur gris, tout étriqué, son grand sac de crocodile au bras, à petits pas, poussive. Elle souffle un peu, le rouge aux pommettes. Sa taille : un tonneau. Anna me mordille le bout de l'oreille.

— Au revoir. Je file.

Je l'entends qui dégringole les escaliers. J'ouvre la fenêtre.

— Caroline !

Caroline lève le visage vers moi, me reconnaît, me sourit. Elle plie à demi le bras droit, agite deux ou trois doigts dans ma direction, à petits coups précipités, sa manière à elle.

Anna m'a téléphoné. Il y a une opportunité. Nous allons aux Buttes-Chaumont, on engage des figurants pour un film TV. Au bureau, j'ai dit que j'étais malade. C'est étrange, nous pourrions tomber sur un film contemporain, une reconstitution de la Belle Époque, une aventure paysanne, mais non, il s'agit d'une espagnolade à grand spectacle, la cour de Philippe IV, les femmes sont en robes à panier, les hommes en pourpoint, avec une fraise de dentelle, du premier coup d'œil je vois mon homme. C'est un acteur célèbre, je ne connais que lui, je ne sais pas comment je n'y ai pas pensé plus tôt, le front, le nez, les yeux, la bouche, le menton, pas l'ombre d'un doute. Pendant les prises de vue de la matinée, j'ai plusieurs fois l'occasion de l'approcher.

— Tu es sûr que c'est lui ? me demande Anna.

— Absolument sûr, je le reconnaîtrais entre dix mille.

— Il paraît que c'est un type gentil. Je n'arrive pas à comprendre comment il a pu venir te menacer...

— Et pourtant, dis-je.

Nous sommes à la cantine, en train de manger du bœuf-mode. Il fait très chaud. La foule est bruyante. Les gens paraissent mélangés, mais en réalité, il n'en est rien, les figurants sont d'un côté, les comédiens, l'état-major de l'autre.

— Tu devrais essayer de lui parler, me dit Anna. Il n'a peut-être pas voulu...

— Peu importe ce qu'il a voulu ou pas voulu. Les faits sont là.

Je me lève, j'ai ouvert le couteau qui ne me

quitte jamais, j'approche sans me faire remarquer, par-derrière, je lui enfonce le couteau dans la nuque. Il s'éteint comme une bougie qu'on souffle.

J'ai été jugé, et acquitté pour démence. Un an a passé. De nouveau, le printemps. L'air est bleu. Il n'y a plus de barricades. Je ne reviendrai pas au ministère. Ma mère est morte pendant que j'étais en préventive. Je n'ai pas eu à m'occuper de ses obsèques. Dans son oreiller, on a retrouvé la photographie d'un étranger. Il ressemblait à l'homme que j'ai tué.

DISPARITION D'ANTONIN ARTAUD

La disparition d'Antonin Artaud a été cruellement ressentie dans notre petite ville, qui s'est entièrement dédiée au théâtre. Le maire-adjoint chargé de la littérature dramatique a rendu un vibrant hommage au disparu. Des comédiens, venus de Paris, se sont livrés à un exercice de lamentation. Un écrivain s'est tu publiquement pendant trois heures. Quant aux jeunes metteurs en scène, ils ont tenu, près de la piscine, un colloque consacré à la gloire du Maître, qui, comme la pine dans la main d'un homme qui se masturbe, ne cesse de grandir.

LE TROU

Parfois, comme je venais de passer plusieurs jours sans faire l'amour, et comme j'avais rendez-vous le lendemain avec une femme, je m'éveillais, la nuit, me demandant comment il était possible que celle avec qui j'avais rendez-vous eut, réellement, au bas du ventre, un trou, dans lequel j'aurais à entrer.

La terre, de même. J'ai beau savoir qu'il y a, quelque part dans le ventre de la terre, un trou, où, le moment venu, j'aurai à entrer, je n'arrive pas à imaginer comment je pourrai le faire, il me semble impossible que cela soit.

DU MÊME AUTEUR

Aux Éditions Gallimard

LES IMMORTELLES (« Le Chemin », 1966 – « Folio », *n° 1168*).

LA ROSE ROSE (« Le Chemin », 1968).

NEW YORK PARTY (« Le Chemin », 1969).

L'AURORE BORÉALE (« Le Chemin », 1973).

L'ARMOIRE (1997).

UNE VILLE GRISE (« Le Chemin », 1978).

LE CAMP (« Le Chemin », 1979 – « Le Manteau d'Arlequin », 1988).

LE FOOTBALL, C'EST LA GUERRE POURSUIVIE PAR D'AUTRES MOYENS (1980).

LES SERPENTS (« Le Chemin », 1983 – « Folio », *n° 1704*).

MÉMOIRES DE JUDAS (« Le Chemin », 1985).

SADE, SAINTE THÉRÈSE (« Blanche », 1987).

L'EMPIRE DES LIVRES (« Blanche », 1989).

ÉROS MÉCANIQUE (« L'Infini », 1995).

Théâtre dans « Le Manteau d'Arlequin »

LES IMMORTELLES (1980).

DEUTSCHES REQUIEM (1973).

ORDEN (1975).

LE CAMP (1989).

Chez d'autres éditeurs

VIOLONCELLE QUI RÉSISTE, *Le Terrain Vague* (1971).

BONSOIR, MAN RAY, *Belfond* (1972).

LA FRANCE À L'ABATTOIR, *Ramsay* (1979).

LE LAC D'ORTA, *Belfond* (1981).

LA FIN DU MONDE, *Denoël* (coll. « L'Infini », 1984).

LA RONDELLE, *Mercure de France* (1986).

CHRONIQUE DU FRANÇAIS QUOTIDIEN, *Belfond* (1991).

CYBERSEX ET AUTRES NOUVELLES, *Éd. Blanche* (1997).

Théâtre

ÉTOILES ROUGES, *L'Avant-Scène* (1977).

LE PROCÈS DE CHARLES BAUDELAIRE *suivi de* PALAZZO MENTALE *et de* FRAGMENTS POUR GUEVARA, *Jacques-Marie Laffont* (1980). Épuisé.

LE PASSEPORT – LA PORTE (THE PASSPORT – THE DOOR) – UBU, *Repertory Theater,* New York (1984).

LE PASSEPORT, *L'Avant-Scène* (1996).

Éditions illustrées

A. NOIR CORSET VELU, *poèmes.* Photographies d'Henri Macheroni, *Les Mains libres* (1972).

HAVKAZARAN FOLLIES, *B.D.* Dessins de Jean-Pierre Vergier, *Kesselring* (1976).

LE PAYS QUE JE VEUX. Photographies de Christian Louis, *Cercle d'Art* (1980).

ULTIMUM MORIENS, *poèmes.* Dessins de Shirley Carcassonne, *Dominique Bedou éditeur* (1984).

L'ORDRE DES TÉNÈBRES. Photographies de Claude Alexandre, *Denoël* (1988).

ÉROS MÉCANIQUE. Dessins de Jean-Luc Fournier, *Olivier Techer* (1989).

LE MYSTÈRE MOLINIER. *Éd. Voix Richard Neier* (1997).

COLLECTION FOLIO

Dernières parutions

2751.	Mika Waltari	*Un inconnu vint à la ferme.*
2752.	Alain Bosquet	*Les solitudes.*
2753.	Jean Daniel	*L'ami anglais.*
2754.	Marguerite Duras	*Écrire.*
2755.	Marguerite Duras	*Outside.*
2756.	Amos Oz	*Mon Michaël.*
2757.	René-Victor Pilhes	*La position de Philidor.*
2758.	Danièle Sallenave	*Les portes de Gubbio.*
2759.	Philippe Sollers	*PARADIS 2.*
2760.	Mustapha Tlili	*La rage aux tripes.*
2761.	Anne Wiazemsky	*Canines.*
2762.	Jules et Edmond de Goncourt	*Manette Salomon.*
2763.	Philippe Beaussant	*Héloïse.*
2764.	Daniel Boulanger	*Les jeux du tour de ville.*
2765.	Didier Daeninckx	*En marge.*
2766.	Sylvie Germain	*Immensités.*
2767.	Witold Gombrowicz	*Journal I (1953-1958).*
2768.	Witold Gombrowicz	*Journal II (1959-1969).*
2769.	Gustaw Herling	*Un monde à part.*
2770.	Hermann Hesse	*Fiançailles.*
2771.	Arto Paasilinna	*Le fils du dieu de l'Orage.*
2772.	Gilbert Sinoué	*La fille du Nil.*
2773.	Charles Williams	*Bye-bye, bayou !*
2774.	Avraham B. Yehoshua	*Monsieur Mani.*

2775. Anonyme — *Les Mille et Une Nuits III (contes choisis).*
2776. Jean-Jacques Rousseau — *Les Confessions.*
2777. Pascal — *Les Pensées.*
2778. Lesage — *Gil Blas.*
2779. Victor Hugo — *Les Misérables I.*
2780. Victor Hugo — *Les Misérables II.*
2781. Dostoïevski — *Les Démons (Les Possédés).*
2782. Guy de Maupassant — *Boule de suif* et autres nouvelles.
2783. Guy de Maupassant — *La Maison Tellier. Une partie de campagne* et autres nouvelles.
2784. Witold Gombrowicz — *La pornographie.*
2785. Marcel Aymé — *Le vaurien.*
2786. Louis-Ferdinand Céline — *Entretiens avec le Professeur Y.*
2787. Didier Daeninckx — *Le bourreau et son double.*
2788. Guy Debord — *La Société du Spectacle.*
2789. William Faulkner — *Les larrons.*
2790. Élisabeth Gille — *Le crabe sur la banquette arrière.*
2791. Louis Martin-Chauffier — *L'homme et la bête.*
2792. Kenzaburô Ôé — *Dites-nous comment survivre à notre folie.*
2793. Jacques Réda — *L'herbe des talus.*
2794. Roger Vrigny — *Accident de parcours.*
2795. Blaise Cendrars — *Le Lotissement du ciel.*
2796. Alexandre Pouchkine — *Eugène Onéguine.*
2797. Pierre Assouline — *Simenon.*
2798. Frédéric H. Fajardie — *Bleu de méthylène.*
2799. Diane de Margerie — *La volière* suivi de *Duplicités.*
2800. François Nourissier — *Mauvais genre.*
2801. Jean d'Ormesson — *La Douane de mer.*
2802. Amos Oz — *Un juste repos.*
2803. Philip Roth — *Tromperie.*
2804. Jean-Paul Sartre — *L'engrenage.*
2805. Jean-Paul Sartre — *Les jeux sont faits.*
2806. Charles Sorel — *Histoire comique de Francion.*
2807. Chico Buarque — *Embrouille.*
2808. Ya Ding — *La jeune fille Tong.*
2809. Hervé Guibert — *Le Paradis.*
2810. Martín Luis Guzmán — *L'ombre du Caudillo.*
2811. Peter Handke — *Essai sur la fatigue.*

2812.	Philippe Labro	*Un début à Paris.*
2813.	Michel Mohrt	*L'ours des Adirondacks.*
2814.	N. Scott Momaday	*La maison de l'aube.*
2815.	Banana Yoshimoto	*Kitchen.*
2816.	Virginia Woolf	*Vers le phare.*
2817.	Honoré de Balzac	*Sarrasine.*
2818.	Alexandre Dumas	*Vingt ans après.*
2819.	Christian Bobin	*L'inespérée.*
2820.	Christian Bobin	*Isabelle Bruges.*
2821.	Louis Calaferte	*C'est la guerre.*
2822.	Louis Calaferte	*Rosa mystica.*
2823.	Jean-Paul Demure	*Découpe sombre.*
2824.	Lawrence Durrell	*L'ombre infinie de César.*
2825.	Mircea Eliade	*Les dix-neuf roses.*
2826.	Roger Grenier	*Le Pierrot noir.*
2827.	David McNeil	*Tous les bars de Zanzibar.*
2828.	René Frégni	*Le voleur d'innocence.*
2829.	Louvet de Couvray	*Les Amours du chevalier de Faublas.*
2830.	James Joyce	*Ulysse.*
2831.	François-Régis Bastide	*L'homme au désir d'amour lointain.*
2832.	Thomas Bernhard	*L'origine.*
2833.	Daniel Boulanger	*Les noces du merle.*
2834.	Michel del Castillo	*Rue des Archives.*
2835.	Pierre Drieu la Rochelle	*Une femme à sa fenêtre.*
2836.	Joseph Kessel	*Dames de Californie.*
2837.	Patrick Mosconi	*La nuit apache.*
2838.	Marguerite Yourcenar	*Conte bleu.*
2839.	Pascal Quignard	*Le sexe et l'effroi.*
2840.	Guy de Maupassant	*L'Inutile Beauté.*
2841.	Kôbô Abé	*Rendez-vous secret.*
2842.	Nicolas Bouvier	*Le poisson-scorpion.*
2843.	Patrick Chamoiseau	*Chemin-d'école.*
2844.	Patrick Chamoiseau	*Antan d'enfance.*
2845.	Philippe Djian	*Assassins.*
2846.	Lawrence Durrell	*Le Carrousel sicilien.*
2847.	Jean-Marie Laclavetine	*Le rouge et le blanc.*
2848.	D.H. Lawrence	*Kangourou.*
2849.	Francine Prose	*Les petits miracles.*
2850.	Jean-Jacques Sempé	*Insondables mystères.*

2851. Béatrix Beck — *Des accommodements avec le ciel.*
2852. Herman Melville — *Moby Dick.*
2853. Jean-Claude Brisville — *Beaumarchais, l'insolent.*
2854. James Baldwin — *Face à l'homme blanc.*
2855. James Baldwin — *La prochaine fois, le feu.*
2856. W.-R. Burnett — *Rien dans les manches.*
2857. Michel Déon — *Un déjeuner de soleil.*
2858. Michel Déon — *Le jeune homme vert.*
2859. Philippe Le Guillou — *Le passage de l'Aulne.*
2860. Claude Brami — *Mon amie d'enfance.*
2861. Serge Brussolo — *La moisson d'hiver.*
2862. René de Ceccatty — *L'accompagnement.*
2863. Jerome Charyn — *Les filles de Maria.*
2864. Paule Constant — *La fille du Gobernator.*
2865. Didier Daeninckx — *Un château en Bohême.*
2866. Christian Giudicelli — *Quartiers d'Italie.*
2867. Isabelle Jarry — *L'archange perdu.*
2868. Marie Nimier — *La caresse.*
2869. Arto Paasilinna — *La forêt des renards pendus.*
2870. Jorge Semprun — *L'écriture ou la vie.*
2871. Tito Topin — *Piano barjo.*
2872. Michel Del Castillo — *Tanguy.*
2873. Huysmans — *En Route.*
2874. James M. Cain — *Le bluffeur.*
2875. Réjean Ducharme — *Va savoir.*
2876. Mathieu Lindon — *Champion du monde.*
2877. Robert Littell — *Le sphinx de Sibérie.*
2878. Claude Roy — *Les rencontres des jours 1992-1993.*
2879. Danièle Sallenave — *Les trois minutes du diable.*
2880. Philippe Sollers — *La Guerre du Goût.*
2881. Michel Tournier — *Le pied de la lettre.*
2882. Michel Tournier — *Le miroir des idées.*
2883. Andreï Makine — *Confession d'un porte-drapeau déchu.*
2884. Andreï Makine — *La fille d'un héros de l'Union soviétique.*
2885. Andreï Makine — *Au temps du fleuve Amour.*
2886. John Updike — *La Parfaite Épouse.*
2887. Daniel Defoe — *Robinson Crusoé.*

2888.	Philippe Beaussant	*L'archéologue.*
2889.	Pierre Bergounioux	*Miette.*
2890.	Pierrette Fleutiaux	*Allons-nous être heureux ?*
2891.	Remo Forlani	*La déglingue.*
2892.	Joe Gores	*Inconnue au bataillon.*
2893.	Félicien Marceau	*Les ingénus.*
2894.	Ian McEwan	*Les chiens noirs.*
2895.	Pierre Michon	*Vies minuscules.*
2896.	Susan Minot	*La vie secrète de Lilian Eliot.*
2897.	Orhan Pamuk	*Le livre noir.*
2898.	William Styron	*Un matin de Virginie.*
2899.	Claudine Vegh	*Je ne lui ai pas dit au revoir.*
2900.	Robert Walser	*Le brigand.*
2901.	Grimm	*Nouveaux contes.*
2902.	Chrétien de Troyes	*Lancelot ou Le chevalier de la charrette.*
2903.	Herman Melville	*Bartleby, le scribe.*
2904.	Jerome Charyn	*Isaac le mystérieux.*
2905.	Guy Debord	*Commentaires sur la société du spectacle.*
2906.	Guy Debord	*Potlatch* (1954-1957).
2907.	Karen Blixen	*Les chevaux fantômes* et autres contes.
2908.	Emmanuel Carrère	*La classe de neige.*
2909.	James Crumley	*Un pour marquer la cadence.*
2910.	Anne Cuneo	*Le trajet d'une rivière.*
2911.	John Dos Passos	*L'initiation d'un homme : 1917.*
2912.	Alexandre Jardin	*L'île des Gauchers.*
2913.	Jean Rolin	*Zones.*
2914.	Jorge Semprun	*L'Algarabie.*
2915.	Junichirô Tanizaki	*Le chat, son maître et ses deux maîtresses.*
2916.	Bernard Tirtiaux	*Les sept couleurs du vent.*
2917.	H.G. Wells	*L'île du docteur Moreau.*
2918.	Alphonse Daudet	*Tartarin sur les Alpes.*
2919.	Albert Camus	*Discours de Suède.*
2921.	Chester Himes	*Regrets sans repentir.*
2922.	Paula Jacques	*La descente au paradis.*
2923.	Sibylle Lacan	*Un père.*
2924.	Kenzaburô Ôé	*Une existence tranquille.*
2925.	Jean-Noël Pancrazi	*Madame Arnoul.*

2926. Ernest Pépin *L'Homme-au-Bâton.*
2927. Antoine de Saint-Exupéry *Lettres à sa mère.*
2928. Mario Vargas Llosa *Le poisson dans l'eau.*
2929. Arthur de Gobineau *Les Pléiades.*
2930. Alex Abella *Le Massacre des Saints.*
2932. Thomas Bernhard *Oui.*
2933. Gérard Macé *Le dernier des Égyptiens.*
2934. Andreï Makine *Le testament français.*
2935. N. Scott Momaday *Le Chemin de la Montagne de Pluie.*
2936. Maurice Rheims *Les forêts d'argent.*
2937. Philip Roth *Opération Shylock.*
2938. Philippe Sollers *Le Cavalier du Louvre. Vivant Denon.*
2939. Giovanni Verga *Les Malavoglia.*
2941. Christophe Bourdin *Le fil.*
2942. Guy de Maupassant *Yvette.*
2943. Simone de Beauvoir *L'Amérique au jour le jour, 1947.*
2944. Victor Hugo *Choses vues, 1830-1848.*
2945. Victor Hugo *Choses vues, 1849-1885.*
2946. Carlos Fuentes *L'oranger.*
2947. Roger Grenier *Regardez la neige qui tombe.*
2948. Charles Juliet *Lambeaux.*
2949. J.M.G. Le Clézio *Voyage à Rodrigues.*
2950. Pierre Magnan *La Folie Forcalquier.*
2951. Amoz Oz *Toucher l'eau, toucher le vent.*
2952. Jean-Marie Rouart *Morny, un voluptueux au pouvoir.*
2953. Pierre Salinger *De mémoire.*
2954. Shi Nai-an *Au bord de l'eau I.*
2955. Shi Nai-an *Au bord de l'eau II.*
2956. Marivaux *La Vie de Marianne.*
2957. Kent Anderson *Sympathy for the Devil.*
2958. André Malraux *Espoir — Sierra de Teruel.*
2959. Christian Bobin *La folle allure.*
2960. Nicolas Bréhal *Le parfait amour.*
2961. Serge Brussolo *Hurlemort.*
2962. Hervé Guibert *La piqûre d'amour* et autres textes.
2963. Ernest Hemingway *Le chaud et le froid.*

2964. James Joyce	*Finnegans Wake.*
2965. Gilbert Sinoué	*Le Livre de saphir.*
2966. Junichirô Tanizaki	*Quatre sœurs.*
2967. Jeroen Brouwers	*Rouge décanté.*
2968. Forrest Carter	*Pleure, Géronimo.*
2971. Didier Daeninckx	*Métropolice.*
2972. Franz-Olivier Giesbert	*Le vieil homme et la mort.*
2973. Jean-Marie Laclavetine	*Demain la veille.*
2974. J.M.G. Le Clézio	*La quarantaine.*
2975. Régine Pernoud	*Jeanne d'Arc.*
2976. Pascal Quignard	*Petits traités I.*
2977. Pascal Quignard	*Petits traités II.*
2978. Geneviève Brisac	*Les filles.*
2979. Stendhal	*Promenades dans Rome.*
2980. Virgile	*Bucoliques. Géorgiques.*
2981. Milan Kundera	*La lenteur.*
2982. Odon Vallet	*L'affaire Oscar Wilde.*
2983. Marguerite Yourcenar	*Lettres à ses amis et quelques autres.*
2984. Vassili Axionov	*Une saga moscovite I.*
2985. Vassili Axionov	*Une saga moscovite II.*

Composition et impression Bussière
à Saint-Amand (Cher), le 6 août 1997.
Dépôt légal : août 1997.
Numéro d'imprimeur : 1131.
ISBN 2-07-040296-7./Imprimé en France.

81895